가벼운 풀씨가 되어도 좋겠습니다

가벼운 풀씨가 되어도 좋겠습니다

2019년 7월 30일 1판 1쇄 인쇄
2019년 8월 10일 1판 1쇄 발행

지은이 전종호
펴낸이 한기호
책임편집 정안나 염경원
편집 도은숙 유태선 김미향 박소진
경영지원 국순근
펴낸곳 어른의시간
  출판등록 2014년 12월 11일 제2014-000331호
  주소 04029 서울시 마포구 동교로 12안길 14 삼성빌딩 A동 2층
  전화 02-336-5675 팩스 02-337-5347
  이메일 kpm@kpm21.co.kr
  홈페이지 www.kpm21.co.kr

ISBN 979-11-87438-16-8 03810

· 어른의시간은 한국출판마케팅연구소의 임프린트입니다.
· 잘못된 책은 구매처에서 교환해드립니다.
· 책값은 뒤표지에 있습니다.
· 이 도서의 국립중앙도서관 출판예정도서목록(CIP)은 서지정보유통지원시스템
  홈페이지(http://seoji.nl.go.kr)와 국가자료공동목록시스템(http://www.nl.go.kr/
  kolisnet)에서 이용하실 수 있습니다. (CIP제어번호 : CIP2019028041)

어른의시간 시인선 02

가벼운
풀씨가 되어도
좋겠습니다

전종호 지음

어른의시간

길 위의 인생, 길 위의 학교

백두산에서 한라산까지, 우리 동네 심학산과 북한산 둘레길에서 시작하여, 휴전선 따라 임진강 평화누리길, 감자바우길, 외씨버선길, 지리산 숲길, 울릉도 옛길, 제주 올레를 거쳐 알프스와 히말라야 설산의 한 모퉁이를 걸었다. 백두산 야생화 꽃밭은 지상 최고의 화원이었고 끝없이 흘러가는 히말라야의 굽은 길은 천상의 출입구였다.

길은 무엇이고, 왜 길을 걷는 것인가.

길은 삶의 통로다. 길의 끝에는 사람이 있고 마을이 있다. 삶은 길과 길로 연결되어 있고, 사람은 길을 통하여 죽음으로 빠져나간다. 길은 현실이고 내세이기도 하다. 길은 산과 산 사이에 나 있고, 강가를 따라 산중에, 그리고 산상으로 열려 있다. 길은 자연이기도 하고 자연의 벗이기도 하며 초월이기도 하다. 보통 사람들은 등짐을 지고 길을 걸어 고단한 삶을 이어 갔고, 바랑을 맨 늙은 수행자는 이 길을 도道 삼아 걸어갔으며, 세상을 바꾸고자 한 사람도, 세상을 지키고자 한 사람도 이 길에서 만나 스러져 갔다. 그래서 길을 걷는 것은 수행修行이다.

히말라야 푼힐과 안나푸르나 베이스캠프ABC 트레킹 코스를 걸었다. 생활의 안락과 편의를 버리고 이 길을 걷는 사람은 문명의 속도, 이익, 효율성, 물질, 발전 따위의 현대인이 추구하는 가치를 등지고 걸을 것이다. 삶의 열정과 기쁨을 뒤로 한 채, 회한을 포함하여 살아온 자신의 길과, 세계에 대한 성찰이 그를 따를 것이다.

얻을 것이 아니라 버릴 것이 무엇인지 묻는다. 접촉과 사교의 편안함과 거리를 두기 위해, 중요하게 생각하는 사고의 깊이를 더하기 위해, 지나온 삶에 대해 질문하며, 앞에 남은 길이 얼마인가를 따지기 전에 지나온 길이 얼마나 되는지를 가늠하게 될 것이다. 오직 지금 걷는 한 걸음에 의미를 두며, 발걸음에 의지하지 않고 오직 정신의 지배를 받으며 오롯이 길을 가야 하지 않겠는가.

길을 걸으면서 길을 먼저 간 사람들을 생각한다. 세상을 버리고 산에 둥지를 틀었던 옛사람들과, 그들의 꿈과 함께 절망을 생각한다. 속세를 버리고 죽림을 꿈꾸었던 도인들의 이상異相을 그려 보고, 신분 질서 속에서 이루지 못한 사랑을 이루기 위해 산으로 숨어들었던 억울한 연인들의 피 끓는 사랑을 상상한다. 평등 세상을 꿈꾸며 세상을 바꾸고자 하던

동학도와 이들을 평정하고자 했던 지배자들의 발소리를 듣는다. 히말라야의 하늘은 여여如如하였고 산중의 민중은 순박하였으나, 고단한 힌두의 삶에서 그들과 함께 간구하였다.

길을 가다가 절과 교회를 만나고 시장을 만난다. 우리의 밥과 구원을 만나는 것이다. 밥은 육신의 양식이고 구원은 영혼의 지향이다. 등짐장수의 수고와 한을 만나고 들린 절집에서 원효, 경허 스님을 만난다. 길 없는 길, 없는 길을 만들어 간 분들이다.

그대 못 보는가 / 삼계는 어지럽고 시끄럽구나 / 다만 무명을 끊지 못한 때문이니 // 한 생각 일어나지 않아 / 마음이 맑으면 / 오고 감도 나고 죽음도 없느니라

– 경허선사,「무생법」

길을 가다가 무생無生의 한 곡조 노래를 듣는다. 마음을 비우면 삼라만상이 화엄 세계다.

산은 스스로 무심히 푸르고 / 구름은 스스로 무심히 희도다 / 그 가운데 한 상인上人도 앉았으니 / 또한 무심히 나그네로구나

– 서산대사,「산은 스스로 무심히 푸르고」

티끌 같은 세상의 속인인 나는 마음에 번잡함이 가득해, 호젓한 산속 숲길에서도 무심한 나그네가 되지 못한다. 아둔한 자의 노력은 미련으로 쌓이고 미련은 산중 첩첩 한숨으로 남지만, 그래도 살아 있기 때문에 들길을 헤치고 산을 오르고 숲길을 걷는다. 크게 깨닫지 못할 줄 알면서 깨달음을 구하고 이미 난 길을 따라 걸으며 앞서 간 사람들의 삶과, 내 살아갈 길과, 내딛는 걸음의 의미를 물으며 지상의 길에 한 걸음을 보탠다.

아름다움을 찾아 / 여기저기 이 나라 저 나라 다니다 보면 / 숨막힐 듯한 풍경에 넋을 잃기도 하지만 / 설령 눈에 들지 않는다 하여 / 세상에 위대하지 않은 산천이 어디 있으랴 / 아무리 황무한 사막이나 / 높고 추워 가혹한 고산지대일지라도 / 뭇 생명 새끼를 낳아 키우는 곳이니 / 생명이 살고 죽는 곳이라면 어디나 / 위대하지 않은 강산은 없다 / 맨땅 위 발 벗고 헐벗은 남루라 해도 / 비록 불편은 있어도 / 존귀하지 않은 삶이란 없다

－「히말라야 3 － 순례의 길」 중에서

길 밖에 길을 내고, 길 위에 난 새로운 길을, 오늘 그대와 함께 가고 싶다.

차례

1부

가끔씩
바다도 침묵하였다

1부 ─────

가끔씩 바다도
침묵하였다

잔설의 씨

손톱의 경도硬度만큼씩 흔들리면서
강가에 어둠이 뿌려졌다
어둠의 강으로 무너지는 잔설殘雪의 곁에서
계절을 맺지 못한 꿈들이 다시 눈을 씻고
겨울 강 속에 누워 바람을 맞던
물줄기가 그림자를 길게 흔들고 있다
동목冬木의 겨울눈을 때리던
깊은 바람의
꽃으로 피어날 흔들림이여

이 미명未明의 새벽
죽음을 흔드는 요령처럼
어둠을 흔들고 있는 미루나무 숲에
약속처럼 일어나 방마다 불을 밝힌
건넛마을 교회탑 종소리가
밀물처럼 강을 건너
하얗게 길을 열고 있었다

갈라지는 하늘 첩첩 녹는

해빙解氷의 땅 뿌리 근처

돌풍突風을 기다리는 잎들이 쓰러져 있었다

자욱이 흩어지는 잎의 눈물이

날줄과 씨줄을 따라 흘러가고

오래오래 품었던 금기禁忌의 것들이

빛으로 풀려나는데 그대여

바람으로 오시어

눈물의 자리에

빛나는 예감으로 채우게 하라

귀
환

돌아서서 바라보는 삼거리
허망한 꿈들이 제 무게를 털면서
빛깔을 털면서 가라앉는다
가슴에 품으면 흘러내리는
너의 무게는 얼마나 진한 빛일까

이 깔리는 박명薄明의 땅
어둠 속 빛의 무게로
나무는 흙 속에 뿌리를 내리고
흘러도 소리 내지 못하는
한겨울의 결빙結氷으로
침엽수의 날카로운 끝에서부터
눈발은 밤새도록 어둠을 덮는다

밤 열한 시 막배를 건너는 사공의
코 시린 담뱃불에서
명멸처럼 빛나는 죽음의 노오란 부리

무덤을 열어 피는 할미꽃의 진한 울음으로
화드득 화드득
숯불을 예비해 주었다

오 한 줌 어둠을 살라
다시 돌아오는
빈손의 부산함이여

우
기

우기雨期 강가의 깨밭에서
꽃잎들은 떨고 있었다
여섯 시쯤 한 여인이 훠이훠이
닭들을 불러 모으고
마을 여인들은 습기 진 아궁이에
여린 풀무질을 한다
엽맥葉脈 따라 일어선 솜털을
매만지며 가는 바람 같은 바람
마지막 손엣것 훌훌 털며 돌아서는
사내들의 물 구경 발걸음
뒤에 남아 연기가 흐트러지고
금강錦江은 점점 물이 나고 있었다

한
걸
음

지금 숨 고르며 오르는 한 걸음
초라하다 말하지 말라
한 걸음 두 걸음 앞으로 내디디면
장엄하다 못해 슬픈 지리산 첩첩 능선
아슴아슴 발밑에 깔리고
남북으로 갈라 누운 섬진강도
거침없이 한 줄기로 쏟아져 내리느니

진
리

저녁 나절 반구정伴鷗亭 근처
임진강 나루에서 하늘을 보면
하늘이 파랗다는 것
파란 하늘에 떠서 흘러가는 구름이
하늘색이라거나 먹색이라는 것
이런 것은 진리가 아니다
해가 서산에 걸리고
임진강 하구가 온통 붉게 타오르면
시시각각 형형색색
잘 칠해진 수채화처럼
하늘은 수십 가지 색깔이 되고
옥색 구름은 다람쥐도 되고
분홍빛 구름은 비상하는 독수리가 된다
껍질 속에 있는 자는
껍질 속에 세계를 가두고
길 위를 고집하는 자는
길 위에 스스로를 묶는다

우리 평생에 난 길을 버리고

한 발짝 비켜서면

흰색 구름은 분홍빛 구름이 되고

진리는 완료형을 버리고 진행형이 된다

교실을 쓸면서

시험이 끝나고
수고했으니 오늘 청소는 내가 하마
와- 아이들의 환호성이 사라지자
텅 빈 교실을 쓸면서
깨끗한 세계에서
아이들이 살고 있다는 내 생각이
얼마나 순진한 착각이었는지 알게 됩니다
빗자루를 들고
교실 구석구석에
쌓인 먼지를 쓸어 내면서
쌓인 것이 먼지만이 아니라는 것
체온과 힘을 나누면서 우리 아이들은
서로 기대어 잘 자라겠지
나의 태만한 안심이 사실은
단단한 토대 위에 켜켜이 쌓인
허위라는 걸 깨닫습니다

책상 속을 비우고 의자를 옮기면서
아무렇지도 않게
때로는 예쁜 웃음을 지으면서
이 자리에 앉아 있던 아이들에게
실제로는 아무 일도
일어나지 않은 것이 아니라는 것
투정과 분노와 분투의 아우성이
소리소리 치다 천장에서 꺾였다는 것!
이제 삭아 흩어진 흔적을 찾아
구석구석
교실을 쓸어 냅니다

작별

나 이제 갈란다
가망 없는 목숨 억지로 연명하는 것
다 부질없는 일이니
묶여 있는 굴레 모두 풀어다오
몸 안의 온기 다 풀어지기 전에
사랑하는 자식들 마지막으로
얼굴 한 번만 더 쓰다듬고
이제 돌아갈란다
가도 가도 끝없던 충청도 영동
황점 열두 고개
걸어 시집가던 날
사는 것이 이리 굽이굽이
열두 고개 같은지 어찌 알았겠냐
그렇다고 힘들다고 사는 게 별거더냐
조금씩 더 참고 모진 말은 하지 말고
서로 위해가며 살거라

어머니

평생 이고 진 무거운 짐 내려놓고

이제 밝은 하늘에서 편히 사세요

살아오신 굽이굽이 험한 길

그 수고 덕분에

저희들 사람 노릇하고 삽니다

어젯밤 꿈에서 환하게 손 흔드시더니

오늘 우리 모두 모여

가시는 길에 능소화 한 송이 바치오니

고매하게 살아오신 길

사랑하고 존경합니다

이 세상에 두신 미련과 염려

이제 내려놓으시고

하늘 가는 길 힘들다지만 샬롬

평안히 가세요

부
재

집 안에 꽃이 가득 피었습니다
부르기도 어려운 클레로덴드론 심어 놓고
어린 꽃 한두 송이 피어도
좋아하셨던 어머니
이제 꽃은 다 자라
푸른 잎 흰 받침 위에 발갛게 웃고 있는데
오늘은 그 너머 당신의 자리가 비었습니다
사람도 사람이 세운 뜻도
때가 되면
곱게 방울지다 스러지는 노을 같은 것
시절을 만나면 부재한 당신의 자리에도
꽃이 필까요
다시

어떤 생일

생일은
촛불이 많을수록 좋고
손뼉 치는 소리가 클수록 좋지
또 한 해 건강하게 살았구나
앞으로도 잘 살아야지
사방천지 모든 분네 두루두루 감사합니다
삶에 굵은 발자국을 남기고
깊은 체취를 남기며 사시게
모두가 축하해 주는데

코끝을 찌르는 라일락 향기 아래
한 가닥 햇살을 쫓아 앉아
이제 나이 늦어 맞는 어떤 생일은
늘어난 촛불이 목에 걸리고
굽이굽이 사행천처럼 굽은 길
우리 엄니 백발
어릴 적 치통처럼 마음을 아리네

쓰
쓰
가
무
시

그깟 도토리 몇 알이
묵이 되는가 돈이 되는가
다람쥐나 들것들 먹게 놔두지
무슨 도토리를 줍는다고 이 난리래요
야야 그 많은 도토리를
다람쥐가 어떻게 다 먹는다냐
노인네가 아직 치사한 욕심을 놓지 못해서
그런 거여
그게 뭔 욕심이라구 그려
농사꾼이 식물에 대한 욕심은 당연한 거지
먹는 걸 어떻게 땅바닥에 내버려 둔댜
요샛것들은 목숨 모질고
먹는 거 귀한지 몰라서 그려
평생을 지겨운 풀밭에서
씨름하고 산 사람이
같잖은 수풀에서 도토리 몇 개 줍다가
쓰쓰가무시라니

다 세월 삭은 탓이겠지만
엄니의 갑작스런 응급실 호출에
나는 급히 말을 삼켰다

아버지,
가벼운 풀씨가 되어도

느리게 가는 버스를 타고
오랜만에 당신을 찾아 나섰습니다
세상은 빨리 변하고
죄송하게도 우리는 당신을
너무나 쉽게 잊었습니다
산천은 다시 어린 연둣빛 바다로 출렁이고
더러더러 분홍꽃 노랑꽃 모여서
꽃천지가 되었습니다만,
꽃비 내리는 시절 어린것들을 두고
홀로 가실 때
당신의 마음은 어떤 빛으로 물들었을까
문득 생각해 보았습니다
하릴없이 매일 강가에서 그물을 던지는
무능한 노동보다
철따라 흐드러지게 피고 지는
꽃을 지켜보는
아득한 세월 견디기 쉽잖은 일이었음을

이제 생전의 당신만큼
나이가 들어서야 알았습니다
아버지!
그리도 그리던 고향 사리원
복사꽃밭보다야 못하겠지만
따뜻한 남녘 대둔산 산그늘
벚꽃 대궐에 누워
곧 보게 될 가을 꽃단풍을 기다리면서
여기서는
가벼운 풀씨가 되어도 좋겠습니다

진주에서

진주는 언제나 아린 편지로 왔다
충청도 부여에서 경상도 진주까지 천리 길
노동판의 십장이 되어
아비는 잘 있으니 어머니 잘 모시고
열심히 공부해 뜻을 세워라
가난한 겨울밤의 코끝 싸한 편지
김시민의 필사옥쇄 진주대첩이나
종교보다 더 깊은 거룩한 분노의 촉석루
울도 담도 없는 시집살이 삼 년
아낙의 서러운 남강이나
이병주의 절절한 지리산
진주 청년 이야기 배우기 전에
진주는 오롯이 한 잔 막걸리에
잠긴 걸걸한 목소리였다
세월이 가도 아버지는 차마 늙지 못했고
나이를 먹어서도
우리는 어른이 되지 못했다

아버지의 밥을 먹고 이제 나도 아비가 되어
군대 간 아들을 찾아 이제서야 진주에 와서
아버지는 이 근방 어디에서 피곤한 어깨로
진양호의 아름다움을 쌓았을까
두리번거리고
아프게 남은 글씨가 빛바랜 종이 위에
햇살같이 돋아나는 진주에서
하늘을 지키는 아들은 별을 헤며
아비의 아버지 생존의 역사를 읽고 있을까
아버지는 호수 너머 멀리
지리산 곁에 사무침이 되어
동구 밖 구부정한 느티나무처럼 서 있다

면도를 하면서

아들의 면도기로 면도를 하면서
새삼 아들의 역사를 생각한다
어느새 이렇게 자랐구나
억센 비바람이 어린 새싹을 단련하듯
고단한 발자국이 수북이 쌓이고
청년이 되어
아침마다 면도를 하면서
아들은 턱수염을 밀어내고
거울에 비친 마음에서
어슴푸레 가는 빛이라도 찾았을까

어릴 적 어린이집에서
아빠가 줄 선물이 있다며
나오라는 말에 나갔더니
손에 들린 선물은 없고
동쪽 하늘 무지개를 보여 주었다는
아들의 이야기를 커서야 듣고

세월은 기억을 거둬 갔지만
그날의 무지개는
우리에게 오늘도 떠 있을까
아롱아롱 무지개 일곱 색깔은
소란한 세상에 눈을 감고
아들의 귀를 열어 주는
깊은 소리가 되었을까

하룻밤 사이 날마다 삐죽 자라는 죄를
아들의 면도기로 밀어내면서
나는 오늘 우리의 무지개를 본다
반도의 하늘을 남북으로 잇는 무지개
인간의 죄를 다시 물로 심판하지 않겠다는
언약의 무지개가
입대를 위해 잠이 든 새벽
아들아
네 얼굴 위에 평화 물결이 되어 흐르는 것을

배롱나무

기가 막혀도 열흘 가는 꽃 없다지
이 꽃 저 꽃 날려 꽃 보라
고매하게 살다 우아하게 가노라
능소화마저 다 지고도
우리는 홀로 남아
뜻을 꺾지 않았다
살랑살랑 한 줄기 실바람
장난기 까르르 간지럼에도
수줍은 듯
하늘하늘 흔들리는 까닭은
목숨이 아니라
진분홍 황홀을 지키기 위함이었다
하루아침에 청춘은 가고
꿈인 듯 아닌 듯 아닌 것도 아닌 듯
은빛 고운 허리
가는 목선을 받치고
하나 둘 셋 세어 백 날 동안

절집 모퉁이 끝자락 다랑논
벼꽃 내음 은은할 때까지
진분홍빛 갈망을 태우는
그 도도한 치열함이여!

산다는 것

산에 드니 눈이 오시네

하늘하늘 꽃잎인가 나비인가

나풀거리는 날갯짓에

넋을 잃다

주먹 눈으로 변해

앞에 간 발자국을 덮으니

가야 할 길을

찾을 수 없네

눈구름에 싸인

산 아래 마을을 보니

한 치 앞을 내다볼 수 없는데,

세상사 산 아래 두고 왔다

걸어온 길 이제는 다 버릴 수 있노라

생각의 발목을 채는

엊저녁 황톳빛 노을

아!

우리네 사는 것

산중에 내리다 그치는 눈발 같은 것
아서라!
처음 가는 길 열려 있다
함부로 나서지 말고
문득 가는 길 끝났다
쉽게는 접지 말라
우리네 어린 깨달음은 번번이
집 나서기 전 미리 오지 않고
어슴푸레 느릿느릿
나중에서야
새벽빛처럼 이마를 치고
지나가시네

오늘의 은총

당신을 마음에 모시고

길을 나선 지 수십 년

바다는 물론

작은 강에서도 아직

물 위를 걷지 못했습니다

늘 넘실대는 파도가 위협하고

믿음은 실낱같을 뿐

썰물이 지고 나서야

분주한 발자국 몇 개

연안에 보탤 뿐

기적은 언제나 말씀 안에만 있습니다

안심하라 내니 두려워 말라*

하셨지만

의심과 두려움으로 늘 물에 빠지고

기적은 항상 기적처럼 일어나지 않습니다

그러나

이른 새벽 밤잠을 설치고

험한 산꼭대기에 올라

또는 망망한 바다

파도치고 흔들리는 배 위에서

숨죽이고 두 손 모아

해오름을 빌어 본 사람은

해는 유행가처럼

쨍하고 뜨지 않는다는 것을 압니다

그릿 시냇가에 앉아[^]

하릴없이 까마귀를 기다리지 않아도

말씀은 심중에 씨알로 남아

화창한 하늘에서 한 조각

비구름을 고대하는 것

바닷가에 앉아 안타깝게

큰 바다를 갈망하면서

안심하라 두려워하지 말라

작은 목소리로 속삭이는

당신의 목소리에 귀 기울이는 것

이것이 바로

오늘 우리가 구하는 은총이라는 것을

깨닫는 것이 기적입니다

* 성경 「마가복음」 6장 50절
** 성경 「열왕기상」 17장 3절

참
나
무
처
럼

너처럼 살고 싶었다
푸른빛 맨몸을 던져
순간에 온 산을 덮고
햇빛 찰랑이는 이파리를 흔들며
무릎 아래 도란도란
새끼들을 키우며 살고 싶었다

독야청청 소나무는 아닐지라도
비탈이나 능선 아니면
아무 데서나
도토리 한 알 물고
어린 꽃들과 키득거리는 다람쥐나
낮술 한 잔에 흥얼흥얼 얼큰한 콧노래
세상을 다 잃은 듯 땅 꺼지는 한숨 소리도
지켜보면서 그렇게 서서
여름 하늘을 올려다보고 싶었다

사는 게 오르막만 있는 게 아니지
오르막 내리막 걷다 보면 높은 산이 되고
큰 나무는 험한 산에서 사는 법
내려가는 길은 더욱 조심하시게
투박하지만 부드러운 허리
길손에게 맡기고
그렇게 서서 가을을 맞고 싶었다

온몸을 태워 진갈색으로 타올라
가을이 지나면
한꺼번에 아래로 땅속으로 져서
작은 풀벌레들의 먹이가 되거나
살아 있는 것들의 거름이 되어
날 기억하지 마오
산속으로 걸어 들어가
겨울 눈꽃처럼 사라지고 싶었다

단
풍

와 보라고
원색의 스커트를 차려입고
우리가 살아온 인생
형형색색 이야기 여기 있다고
당신 스스로 초청장이 되어 부른다

손 까부르며 타는 가을
치열한 청춘을 비우고
거룩하다
나풀나풀 하늘을 내리는 나무의 소멸
바라보며 목 타는 백발

살면서 잃는 것들

우리는 무엇을 얻으며 살고 있는가
범바위 금새 말미 자람터 백강
고향의 마을 이름을 잊었고
함께 놀던 억센 친구뿐만 아니라
어린 내가 누구였는지 종종 잊으며 산다
공부한다며
작은 의자 몇 개 한 뼘의 성취를 얻었지만
코끝을 간지럽히며 숨길을 터 주던
수많은 풀들의 이름과 그 비린내와
향기를 잃었다
발끝에 차이는 이깟 풀 한 포기쯤이야
무시하고 잡아채던 물가 작은 나무는
백 척 왕버들로 자라 마을을 지키고 있는데
이만큼 자라 우리는 무엇을 지키고 있는가
흰머리 어지간히 얼핏 중후한 걸음걸음
뱃살에 유년의 꿈을 가두고
살아갈수록 하루하루 잃으며 산다

따로 또 함께

무릎을 꿇고 낮은 자세로 보아야
보이는 것들이 있다
나 여기 있어요
불리는 이름쯤이야 아무렴 어떠랴
숭고한 존엄으로 빛나는 작은 꽃들이 있다
세상의 길은 모두 앞으로 나고
점점 더 직선으로 넓어져 가지만
돌아서야 비로소 뒤꿈치를
보이는 길이 있다
보이지 않지만 굽고 작은 길이 있어
고샅길이 세상의 길로 이어지듯
봄날 어린 꽃들이 여기 한 무리
저기 또 한 무리 함께 모여
우리 노래해요
아찔한 향기
마침내 세상은 온통 꽃 천지가 되고
우리 서로 힘이지요

여리디여린 목소리도 광장에서

어깨를 걸면

간절한 울음으로

낡은 것을 쓸어버리는 물살이 된다

길

당신과 늘 함께하던 길
오늘은 혼자서 걸어갑니다
당신의 흥얼흥얼 콧노래 대신
먹먹한 박새 울음 따라 돌아옵니다
길은 언제나 기로岐路에 있고
동시에 모두는 갈 수 없는 법
이 길은 목탁 같은 여울 소리
얻을 수 있지만
눈 덮인 능선의 텅 빈 눈부심은
볼 수 없습니다
사람의 일도 이와 같아서
오늘은 이 길을 버리고 저 길을 따라서
감물 번지듯 노을 진 먼산주름을 마주하고
멀리서 미소 짓는 당신을 그려 볼까 합니다

달걀을 까면서

달걀을 까면서
유미* 아빠 황상기를 생각한다
모두가 달걀로 바위 치기라고 했지
그건 달걀을 모르고 하는 말이다
노른자의 중심을 잡아 주는 알끈
안팎의 경계를 구분하기 위하여
힘없이 흐물거리나
끊어질 듯 조이는 내면의 긴장을 아는가
위태로운 껍질 안에
또 한 번 얇은 막膜을 치고,
마음을 다하지 않는 사람에게는
함부로 속살을 드러내지 않는
약하디약한 것의 대명사지만
소중한 것을 지키기 위해서는
칼날에 목을 걸어야 한다는 것
깨어져 터져서 외쳐야 한다는 것을
달걀은 알고 있다

딸을 위한 싸움에서 마침내
바위를 깨친 달걀
당신이야말로 진정 이 땅의 아비다
달걀을 까며
속껍질을 떼어 내면서
손은 더디고 눈은 자꾸 흐릿해진다

• 황유미, 삼성전자 근무 중 백혈병을 얻어 숨진 노동자

식은 커피를 마시며

좋은 커피는 식은 뒤에야 알 수 있다
뜨거움이 맛을 가리고 있기 때문이다
식은 뒤에도 쓰고 달고 신맛이
살아 있어야 한다
비 오는 아침 식은 커피를 마시며
높은 산 고절능상高節凌霜을 떠나 세속에서
향미香味를 잃지 않은 커피의 고단한 역사와
뜨거움에서 차가움까지
온기의 순환을 생각한다
한때 혁명과 세상의 뜨거웠던 것들
사랑과 누군가의 가슴에 불이었던 것들은
식은 후에 다시 확인되어야 한다
사람도 헤어진 뒤에 좋은 인연을 알게 되듯
내 떠난 뒤 찰랑거리는 사람의 숲속
따뜻한 햇볕이 되고 싶다

멍

술 마신 다음 날 여기저기 멍이 들었다

어느 길로 왔는지

어디에서 부딪혔는지 기억이 없다

덜 취한 의식이 집에 데려왔다면

더 취한 무의식은 멍 자국을 남겼다

멍하니 멍을 내려다본다

마음은 또 얼마나 많은 멍으로 얼룩졌을까

덜 깬 생각은 남에게 상처를 주고

미련한 욕심은 나에게 멍을 남겼다

허욕과 열등감에 멍이 들었고

시기와 경쟁심으로 남을 아프게 했다

살면서 점차 총명은 흐려지고

멍이 들어도 느끼지 못한 채

남을 멍들게 하고도 눈치도 없이

점점 더 무딘 멍은 속으로 깊어져 간다

마치 색 바랜 도화지 같다

멍이 내 속의 어리석음을 들여다보고 있다

책
을
버
리
며

책을 버린다
십수 년 안고 끌고 다니던 책들을 버린다
한때 맑은 영혼의 기운으로 이끌던
또는 감당할 수 없는 짐이나
굴레가 되었던 것들
이제 버리기로 했다
어떤 것들은 골수骨髓가 되고
어떤 것들은 전사戰士의 투지가 되고
어떤 것들은 한겨울 밤새 잠을 미루고
몰아쉬던 거친 숨소리가 되었던 것들
전사의 마음으로 타오르던 책을 버린다
관점을 버림으로써 투쟁도 지운다
참으로 오랫동안 피곤했다
다음으로 밥이 되었던 책을 버린다
견고한 뿌리가 되어 나의 밥이 되어 주었던
수많은 사상과 이론과 주장과 삶의 문법들
이것들이 내 가르치던 아이들에게

삶의 등불이 되었을까
삶에 위로와 지혜를 주던 책도 버린다
울컥하고 힘들 때마다 등을 토닥여 주던
성현의 말씀과 시인의 노래들
나를 내려놓기 전에 버려야 한다
이제 가장자리에서 낮은 목소리로
숨을 고르고 내 노래를 해야 한다

나무의 증언

나무가 잎을 다 버리고 나서야
한여름 무성한 가지 사이
숨겨 놓은 까치집을 보았습니다
다른 이의 눈을 피해
잎사귀 숲에 감춘 숨 가쁜 사랑과
마침내 새끼를 낳아 길러 낸
어미 아비 까치의 분투와
그사이 다 자라 집을 떠난
싱싱한 진초록 목숨의 어린 까치네
질기고 풋풋한 가족사를 읽었습니다
잎을 모두 떨구고
찬바람 속 온전히 홀로 서서
하늘을 이고 있는 느티나무가
벌거숭이 겨울이 되어서야
보이지 않는 곳에서도
생명은 언제나 치열하였다
증언하고 있음을 겨우 알았습니다

모과나무 아래서

가을이 막바지로 철들고
겨울이 불려 올 무렵이면
아침마다 모과나무에 간다

오늘은 몇 개나 내줄까
어젯밤 추웠을 나무의 안부를 묻고
달걀을 줍듯 모과 한 알 줍는다
모두가 빨갛게 익어 가는 가을에
홀로 노랗게 익어 가는 독야獨也

외모도 육질도 아니고
오직 향기 하나로 사랑받는
모과나무 아래서
하루 분량의 숨을 훔친다

익는 것일까 썩는 것일까
향기의 정체를 묻다

애써 피하거나 지나쳐 얻고자 하지 말라

낮은 자리 모과나무

은은한 말씀을 듣는다

반성문

꽃을 사랑한다 노래하면서
꽃 이름은 몇 개나 알까
국화 채송화 능소화 등 열 개쯤 쓰고
더 쓰라면 끙끙대고
열 개는 더할 수 있을까
꽃을 사랑한다 노래하면서
풀 한 줌 뽑아
꽃 한 포기 발 뻗을 자리 돌본 적이 있는가
함께 살자 사람 천하 노래하면서
어깨 걸고 부대껴 사람의 체온을 확인하고
봄 사월 매화처럼
환하게 세상을 밝혀 본 일은 있는가
심중에 깊은 연민도 없이
나고 가는 사람들의 생애를 곁눈질하면서
그래도 그만하면 제법 잘 사는 줄 알았다
앎은 항상 피상적이고 삶은 겉돌았을 뿐
허위의 집에서 당치 않게 편안하게 살았다

소식

목련꽃 아래서 꽃이 피기를
매일 아침 턱을 괴고 기다린 사람은 안다
시간은 물처럼 흐르는 것이 아니라
마디 지어 있다는 것을
마디마디마다 옹이가 박혀 있다는 것을
간절히 기다린다고
바라는 소식 쉬이 오지 않고
더욱이 바람의 속도로 오지 않는다는 것을

애타게 애타게 핀 꽃 지는 건 순간이라고
한숨 쉬며 애달아하는 것도
외눈박이 성급한 사람의 시간일 뿐
꽃을 지우고 열매를 익혀
소명召命을 완성하는 것이
진정 나무의 시간이라는 것을
굵은 눈물처럼 뚝뚝 지는 목련꽃 아래서
절절한 소식을 기다리는 사람은 알고 있다

아침맞이

─ 3월, 교문에서

꽃이 피어야 겨우 이름을 알 수 있는데
아직 꽃도 잎도 피지 않은 등굣길로
심중에 어떤 모양의 꿈을 꾸는지
아직은 이름도 알 수 없는 아이들이 온다
안녕하세요 어서 오세요
큰 나무 밑을 잰걸음으로 걸어오는 아이들
속삭이듯 작은 나무 곁을 끼고 걷는 아이들
꽃이나 나무 따위 세상 관심 없다는 듯
친구들과 어깨 걸고 떼를 지어 오는 아이들
어서 와 안녕 안녕 어서 와
이 길목에 피어날 꽃의 얼굴이 각각 다르듯
더러는 뛰고 더러는 걷고 더러는 까불며
얼굴은 달라도 한 가지로 어여쁜
남자애 여자애 큰 놈 작은 놈
생김새는 달라도 모두 귀한 아이들이 온다
가슴은 푸른 바다처럼 넘실거릴 것이다
살다 보면 때때로

문제가 파도처럼 덮칠 것이다만
바람 불고 파도가 쳐야 바다가 아니더냐
애들아 어서 와라 인사를 하면
선생님 안녕하세요
명랑하고 쾌청한 목소리로 돌려준다
곧 꽃을 피워 존재를 알려 줄 나무처럼
꿈을 가꿔 새 길을 낼 아이들이
꽃잎처럼 몰려오는 아침 교문에
눈부신 햇살이 분주한 발자욱을 비춘다

가끔씩 바다도 침묵하였다

흔들고 흔들리는 것이
흔들리면서 스스로 속을 뒤집어
거칠게 울부짖는 것이 본성이지만
그래도 가끔씩 바다도 침묵하였다
귀 기울여 조용히 하늘의 소리를 듣거나
달이 흘러가는 몸짓을 기다렸다
하늘이 젖은 음성으로 부를 때마다
바다는 출렁이는 눈빛으로 답을 보냈고
달의 손짓에 한껏 부풀어 올랐다가
숨을 크게 몰아쉬었다
그때마다 바닷가 마을에는 소란이 일었고
바닷속에 길을 내 물줄기를 돌려
이쪽에서 저쪽 대륙으로
물고기 떼를 몰기도 했지만
때로는 4월이 되면
바다에 갇혀 소리치다 돌아오지 못한
못다 핀 아이들의 소리에 집중하기 위하여

꽃이 펴도 눈부셔 볼 수 없는

4월이 다시 오면

닿을 수 없어 안타깝게 손 까부르는

어미의 마음에 닿기 위하여

가쁜 숨을 참고

바다도 종종 침묵하였다

지금은 바다의 묵언기도默言祈禱 시간이다

눈물

가슴 깊은 곳을 울려
세상에서 가장 여리디여린
무력한 눈물 한 방울 톡 터져
슬픔 또는 그리움 한 장 한 장
때로는 회한 한 첩씩 섞어
순간에 톡톡 떨어져도
애써 눈가를 훔치지 마오
소금기 스민 눈물 가져 사람이고
눈물이 있어 아픈 곳을 돌아보니
그리움이 밀물 지어 들이칠 때
누군가 옆에 아니 있더라도
굳이 얼굴을 가리지 마오
눈물 몇 방울 길가에 떨어져
봄이 되면 붉은 꽃으로 피거나
흘러 흐르는 강물이 되면
하늘에 창을 내어 구원이 오리니
연민의 눈물 한 방울

깊고 세미한 소리에 귀 기울이면
마음을 흔들어 사람과 사람을 잇고
마침내 대동大同의 울림을 보리라

차를 끓이며

나도 누군가의 가슴에 퍼렇게 물들고 싶다
뜨거운 물에 몸을 맡기고
서서히 제 빛깔을 풀어내는 찻잎처럼
누군가의 가슴에 뜨겁게 스며
당신의 색깔과 눈물로 물들고 싶다

나도 누군가에게 맑은 향기로
다가가고 싶다
코끝에 닿는 풀풀한 내음
마른 잎에서 녹아든 찻물 한 모금
심중心中의 막힘과 타는 목을 풀어 주는
쌉쌀 무미無味의 말간 향기가 되고 싶다

겨울 눈 비탈에서
독야상록獨也常綠하고 싶다
사나운 눈보라에 은밀한 수액樹液을 삭히고
새 잎 빼꼼 피워 내는 봄날의 차나무처럼

노랑 분홍 하양 눈부신 화관花冠은 말고
바람에 낭창거리는
푸른 흔들림이면 좋겠다

내 나이 더 들어
녹차밭에 지는 노을이 되겠다
어린잎부터 늙어 등 굽은 차나무까지
마지막 빛으로 처연히 타오르며
세상에 가장 작은 공간으로 사라지는 것들
그 허전한 뒷모습을 조용히 물들이고 싶다

2부

해 지는 곳으로
가고 싶다

해지는 곳으로 가고 싶다

석양에 홀로 앉아
하늘을 바라보는 것은
이제 아름다움의 일이 아니다
살아온 여행길 목메는 기쁨과
아름다운 풍경 뒤에 가려진 고통을
계산하는 일이다

사는 게 어디 쉬운 일이랴마는
어제 행복해서 미친 사람들이
오늘 같잖은 우울에 죽고
저기 숨죽여 울던 사람들이
오늘은 꽃 한 다발 들고
환하게 웃기도 하는 법

일은 적당한 곳에 두고
때때로 사람은 멀리하면서
세상에서 멀어진 외딴섬에서

너와 함께

해 지는 곳으로 가고 싶다

그곳에서

마지막 빛으로 당당히 타오르고 싶다

당신에게 가는 길

— 오키나와 고혼들의 앞바다에서

바다, 잔잔하거나 출렁이거나

아니면

거친 까치노을로 덤벼들더라도

당신에게

돌아갈 수 없는 건 아니다

대륙 사막 끝 초원에서

반도의 변방까지

하늘이 스스로 바람길을 내어

새들을 날게 하듯

사람들이

재를 넘고 강을 이어

나와 너 사이

마음 길을 뚫고 살아가듯

바다 밑 물길 따라

물고기가 떼를 이루고

그 위에 뗏목을 띄워

이 민족 저 민족이 이동하듯

큰 바람 불어

바다를 뒤집고 배를 덮쳐도

깊은, 아주 아래 깊은 곳으로

물길을 내고

오키나와에서 제주 앞바다까지

쿠로시오 검은 물길을 따라

돌아가고 싶다

아, 이방에 나를 팔아넘긴 비루한 조국!

그래도 결코 마음에서

지울 수 없는 그리운 나라

두 날개 다 찢기더라도

한 마리 나비가 되어

이 바다 검은 물길을 거슬러

절절한 걸음으로

당신에게 돌아가고 싶다

제주

돌을 쌓아 경계境界를 세우고
경계와 경계 사이에 길을 낸다
안으로 척박한 땅에 식물을 키우고
더욱 견디거라 스스로 자신을 가둬
밖으로는 경계警戒의 담을 쌓는다
그래도 마을은 길 끝으로 이어지고
4·3의 억울한 심령心靈의 부활인가
보잘것없는 질경이가 길가에
지천으로 꽃을 피워 냈으니
담을 쌓는다고 바람을 막을 수 있으랴

해협은 뭍과 섬을 끊어 놓고
험한 파도로 양안兩岸을 위협하지만
바닷속 길이 활짝 열려
깊은 물길 오가는 것은 막지 못하니
오로지 보이는 것만 믿지 말아라
바다가 병풍처럼 일어나 몰려온다고

이 섬의 지나간 사람 일이 거두어지더냐
부질없이 돌을 쌓아·무엇하랴
오늘도 산담으로 이어지는 마을 길에
바람이 분다

남원 포구에서

바다는 고요하였다
물은 맑아 투명하였고
쪽색 물빛은 숨을 죽이게 했다
바람은 불지 않았고
더불어 세상은 평화로웠다
낡은 고깃배 몇 척이 아침에 묶여
잔파도에 흔들릴 뿐
끝으로 밀려난 하늘은
먼바다에 가서야 바다와 한 몸이 되었다

한낮의 바다는 치열하였다
포구는 삶과 죽음의 길목이 되어
아비는 헛된 꿈을 꾸지 않았다
새끼들의 밥과 공부가 된다면
기꺼이 바다에 나가
살아오거나 죽어서 돌아왔다
더러는 죽어서도 돌아오지 못했거나

들고 나는 파도 너울 너울에
한숨과 눈물을 묻어 두었다

꽃을 사랑한다고
꽃 피고 지는 소리까지 들었으랴만
난바다 흔들리는 배 위에서는
바람과 파도의 숨결까지 들어야 했다
멀리 고깃배
집어등集魚燈의 불빛이 흔들린다
비로소 오늘 밤
바다의 어화漁火가 핀 것이다
바닷가 곰솔 숲에 숨어
아내는 집 나간 사내를 위해 울고
포구는 억새물결 따라 밤새 뒤척일 것이다

다시 강정마을에서

다시 강정마을에 와서 보니
마을 뒤에 서서 말 없는 한라산은 한결같고
잔파도 조용한 강정바당* 또한 한 바다인데
범상하지 않은 것은 오직 사람의 일뿐이니
꼼짝 없이 제자리에 앉아 있는 범섬은
마을에서 일어난 지난 일들을 알고 있다

부르지 않아도 달려와 기꺼이 날리던
생명 평화의 깃발은 빼앗기고
명진 스님의 간절한 목탁과
문 신부 쉰 목소리 미사는 허망虛妄이 되어
냇깍**에서 월평 포구까지
구럼비*는 폭파되고
고깃배 몰던 어부의 물길은
군대의 바다가 되었다

평화의 외침과 발걸음을 걷어 낸 자리에

말끔한 부두와 성채 같은 방파제를 세우고
구불구불 흘러가던 돌담 사이 올레는
직선으로 펴지고 서로 이어져
사람 살던 낮은 집들을 밀고 들어선
말 많은 군항의 질긴 혈관이 되었다

마을과 괸당*을 찢고 저항의 목소리 눌러
외세外勢를 끌어들인 평화가 참 평화인가
외치는 주민들 쫓겨난 길가 천막
사람의 일은 이렇게 사연도 곡절도 많은데
푸릇푸릇 한 뼘쯤 자란 마늘밭 주변에
다시 매화와 유채꽃은 무심코 피어
길 가는 사람의 속을 뒤집고 있다

• 바당은 바다의 제주도 말
•• 냇가의 끄트머리
:• 강정 바닷가의 거대한 용암 너럭 바위
:: 친척을 의미하는 제주도 사투리

82

도시를 떠나며

시집 한 권 넣고 기차를 탔습니다
굳이 가야 할 데는 없습니다
서둘러 가야 할 일은 더욱 없습니다
술 한 병 시집 한 권이면
어디나 천국*이라지만
차마 그곳까지는 말고
다만 어딘가 낮은 곳에 닿아
값싼 사랑을 함께 울어주는 구름이 되거나
생명의 몰수 앞에서 찬란하게 타오르는
무심한 노을이 될 수 있다면,
세상의 시편이 모두
천상의 노래가 될 수 있으랴마는
사람 사는 마을의 강을 흘러와
가난한 마음을 적시는
울림의 시 한 편 만날 수 있다면
떠나는 길이 한참 막혀 더디다 해도
하마하마 좋겠습니다

* 우마를 하이얌(페르시안 시인), "술 한 병 그리고 시집 한
  권이면 이 황야도 내게는 천국" 인용

83

수종사

물 물 물 물소리 따라
길을 찾아가는 길
어제는 저 산에서 이 산을 올려 보고
오늘은 이 산에서 저 산을 불러 보는
나를 베고
산과 산 사이를 누워 흐르는 강물
시간의 간격으로 부는 바람이
운길산 구름을 흩어
두 줄기 물이 만나
두 손 모아 합장하는
저기 저 아래 두물머리
똑 똑 똑 한 방울씩 져서
풍경風磬인 듯
떠는 종소리
모여
피어난 연꽃 한 송이

와유곡에서

분천에서 승부역 가는 길

하늘도 세 평 땅도 세 평이라는 승부역

가까이 와유곡臥遊谷이 있다

가만히 누워 마음으로 노니는 곳

겨우 세 평이라니 땅이 작은가

내 누울 땅 한 평이면 충분하니

세상에서 멀리 물러나

바위에 누워 눈을 감으면

빼꼼한 세 평 하늘은 창공 구만 리

그대여

남루의 부끄러움이나

허명虛名의 계획 같은 건

다 두고 오라

여기 새소리 물소리 꽃향기 넘치고

세상의 쓰임도 벌이도

여기 한 가닥 솔향기만 못하니

세상사 훨훨 털고 오시라

잘생긴 금강송 군락에
나같이 등 굽은 나무도 널리 있으니
지금 당신 모습 어떠하더라도
풀씨 속 생명의 온기를 느끼는
마음의 눈만 가지고 오시라

여
우
천

봉화 분천에서 영양으로 넘어가는
고개 아래 작은 계곡이 있다
여우가 우는 험한 고갯마루가 아니라
물이 빗소리처럼 흐른다 하여
여우천如雨川이다
자작자작 불에 탄다는
자작나무 십 리 숲을 머리로 하여
분천에 닿았다 이름처럼
조용히 낙동으로 빠진다
고개를 넘다 냇가에 앉자
물소리가 옆에 와 앉는다
세상은 온통 물소리뿐 빈틈이 없다
저녁 무렵 초가집 추녀를 하염없이 적시던
어린 날 여름 장맛비 소리가 따라왔다
건넌방 문지방을 넘어
숭늉을 마시던 아비의 가래 끓는 소리가
가난한 겨울 밤비에 섞여 들린다

경쾌하게 양철 지붕을 때리는
소나기 소나타가 오랫동안 울렸다
냇물 소리에 잠시 소년이 되었다
땅 이름을 지은 농부들은 모두 시인이다

바
람
골

바람이 많이 불어

바람골이 아니라

바라고 바라고

빌고 또 빌 일이 많아 바람골

바람을 타고

한숨이 기도가 되고

깊고 절절한 치성으로

촛불과 촛대와 풍물도

잠들 수 없는 곳

고개 박고 몸을 엎드려

흔들리지 않는 기쁨을 위하여

두 손 모아 싹싹 빌어

합장하는 간절함이여

당신의 뜻 아니고는

손톱만 한 구름 한 장도 흩을 수 없고

당산나무 이파리 하나 흔들 수 없는

대관령 국사당 바람골

월악 단풍

허허, 내 금강산 구경은 못 했으나
여기가 설악 오대 단풍 못지않네
계곡에서 능선까지 천국이구만
머리에 허옇게 단풍이 든
한 노인의 풍류를 못 들은 척하고
월악이 홀로 참 곱다
여한은 없다 평생 정진하고 살았노라
돌을 깎아 비원悲願을 새기던 사람들의
마음에도 단풍이 들었을까
신의 얼굴을 새기고 눈에 점을 찍던
석공의 기도 또한 단풍처럼 간절했을까
이들을 위하여
월악은 보름이면
영봉靈峯에 빛나는 달을 내걸고
가을이면 산 등에
붉은 단풍을 피워 냈을 터
마애부처님이 찡긋하고 합장하자

오늘도 월악은 단풍으로 발그레 웃는다
높이 오르기 위해서는 숨을 골라야 한다
아름다움을 위해서는 속을 비워야 한다
비가 오면 단풍은 어쩌지 조바심에
바란다고 다 가질 수 있느냐
신령한 구름 너머로
산이 슬쩍 몸을 빼고 있다

울릉도

독도를 어미 삼아
일망무제一望無際
바다에 울창한 숲섬 하나 떠 있다

더러는 세상에 쫓겨 숨어들고
더러는 세상을 버리고
무릉武陵을 찾아 나선 자들이 섞여
중앙의 쇄환刷還과 수토搜討를 딛고
함께 새로운 세상을 꿈꾸었던 변방의 섬

더 이상 목숨을 부지할 수 없어
육지를 버리고 해류를 따라 흘러와
엄동의 시절 나리꽃 풀뿌리를 씹으며
살림과 지경을 넓혀
나라의 동쪽 경계가 되었다

살아남는 일이 겁났으리라

억센 땅과 풍파와 간고艱苦로 고단했으리라
권력과 외세에 맞서 자식을 지켜 내는 일은
무엇보다도 무겁고 무거운 일이었으리라

송곳 하나 꽂기 어려운 한 뼘 땅에서
한때 난민이었던 사람들이
이주민을 보듬고
이름 같은 꽃이 섬에 와
다른 꽃이 되었듯이
한바다 혹독한 바람을 눕히며
땅의 지문을 바꾸고

동백꽃 후박나무 어울려
가지가지 새들을 불러
마침내 사람과 함께 노래하는
울릉 천국이 되었다

울릉도 옛길

지치고 외로운가
슬픔을 감당하지 못하는가
마침내 세상에 등 돌리고 싶은가
그대여, 여기 울릉도 옛길로 오시라

성난 사자처럼 덤벼드는
행남 바닷길을 걸으면
세상에 두려운 것이 파도뿐이겠느냐만
바다와 기꺼이 승부를 보는 자를 볼 것이다

행남 등대길 잘 늙은 소나무에 등을 기대고
삶이란 얼마나 버겁고 먼 길인가 물어라
실바람에 흔들리는 메마른 솔가지 하나
고단한 당신의 등을 쓰다듬어 줄 것이다

늙은 소나무 숲길이 끝나는 자리에
살구꽃 한 그루 곱게 피어 연분홍빛

삶은 여전히 유혹적인 것임을
봄날의 한낮이 몸소 보여 줄 것이니

그늘진 동백 숲길 지나
잘생긴 소나무 나란히 줄지어 서 있는
저동 옛길은 절로 잘 익은 노인처럼
살아갈 길이 무엇인지 알려 주고 있다

석포 옛길을 걸으며

내수전에서 석포까지
바다를 끼고 호젓한 산길을 걷는다
박새 노래 들으며 평탄한 길을 지나고
파도 소리 들으며 오르막길을 오르면
곧 이 꽃 저 꽃 모여 다시 평탄한 길이다
식물이 오랜 세월 천이遷移를 하듯
사람도 길도 변하고 늙고 굽는 법이니
생선이나 나무 등짐을 이고 지고
뼈 빠지게 걷던 길이 치유의 길이 되었다
길을 걸으면 울컥 눈물도 쏟아지리라
사월이면 정매화 계곡의 벚꽃들이 환하게
길 위의 당신을 환대해 줄 것이다
동백 군락지를 지날 때는
동백꽃이 당신의 아픈 소리에
주먹 눈물처럼 뚝뚝 꽃송이 채 떨며
함께 울어 줄 것이다
심중에 힘든 이야기 하나씩 꺼내 놓으면

동박새가
함께 사는 삶의 지혜를 보일 것이니
홀로 함께 길을 걸으며
정들포에서 마을까지
일상의 짐을 지고 갔던
옛사람들의 고단한 마음을 상상하라
집으로 돌아갈 힘을 얻을 것이다

성인봉 가는 길에

아침에 귀인을 만났다
울릉을 참으로 사랑하는 주민이
울릉 풍경의 백미는 깃대봉이니
울릉의 구석구석 속 깊이 디벼 보라고
여행자를 추산마을 입구에 내려놓았다
덕분에 오늘 갈 길을 멀리 잡았다
깃대봉 오르는 길에 사진작가를 만났다
어리고 작은 꽃들 앞에서 무릎을 꿇는다
이놈이 무언지 아세요 제비꽃 아닌가요
야는 독도제비꽃이고 쟈는 우산제비꽃인데
요놈들이 교잡한 애가 남산제비꽃이요
이 애 저 애 꽃들의 친밀한 호명을 들으며
나는 얼마나 자주
아이들의 이름을 불러 주고
얼마나 많이 낮은 자세로
선생님들과 대화를 나누었는가 반성한다
깃대봉에서 올려다본 하늘은

은총 같은 햇빛이 비늘처럼 쏟아지고
현포 앞바다 물빛은 더 없는 쪽빛이었다
신령수 앞에서 그의 도시락을 나눠 먹으며
얼마나 내 것을 내놓고
살았는지 돌아보았다
정상에 헬기가 떴다
산에서 명이 뜯는 사람이 실족하였다
욕심에 기꺼이 한 걸음씩
높은 곳에 올랐으리라
죽은 자를 비난하지 말라
누군가를 위해 목을 걸어 본 적이 있는가
성인봉 가는 길에
감히 성인까지는 아니고
하루 종일
보통 사람의 살아가는 법을 배웠다

천부항에서

울릉도 천부항天府港은
해가 뜬 곳으로 해가 졌다
아침마다 바다는 힘차게 타올랐고
저녁 항구는
온 바다가 연홍빛으로 물들었다
해가 저물자 사내들은 서둘러 바다에 나가
새벽이 되어서야 돌아왔다
바다에서 빛나는 것은
해나 달만이 아니었다
사내들은 밤마다 어화漁火를 밝히고
해가 뜰 때 바다의 불을 끄고 돌아왔다
하늘을 볼 수 없는 울창한 숲에
선조들이 나무를 베고 하늘 구멍을 내어
천부天府라 하고 하늘 마을을 이루었듯
사내들은 거친 바다에 나가 하늘을 뚫고
불을 밝혀 천부의 바다 마을을 이루었다
갈매기는 돌아왔고 다시 해가 진다

절정에 닿을수록 더욱 붉어지는 벚꽃처럼
석양은 후박나무 수풀 너머 하늘에
애잔하게 연주황 물감을 풀어내고
숨을 죽인 나그네는
지는 빛에 젖어 들고 있다
아프다 사라지는 것은 모두 물결을 남긴다

독도에서

한바다 파도 고달픈 바위섬에서
일상을 바람에 매고 갈매기들이
서성이는 사람들을 지켜보고 있다

지키려는 자들의 분주한 태극기 물결과
넘보는 자들의 선상 시위를
때때로 바라보면서
태극처럼 소용돌이치는 난바다에서
부질없이 국가의 경계는 무엇이며
섬을 실효 지배하는 우리는 아랑곳없는
무례한 인간들 깃발의 의미를 묻고 있다

내 할 수 있다면
울릉 동백 씨앗 몇 개 물고 와
따뜻한 곳에 키워 꽃을 피우고
해 뜨는 곳을 사모하는 사람들과
해 지는 곳에 헛꿈을 가진 사람들을

손수 키운 동백 숲 그늘 아래 한데 모아
보랏빛 해국海菊 무리무리 발아래 두고
인간의 흉내를 내어
푸짐한 호박 막걸리 한 상 차려 내고 싶다

바람에 흔들리는 뜨거운 섬에서
괭이갈매기들이 모여 앉아 혀를 차며
까르륵 까르륵 함께 웃고 있다

무
주

산
나무는 나무끼리
기대어 살고
들풀은 풀대로
엉키어 산다
산 너머 구름 속으로
대낮이 흐르고
막막한 저녁연기
나지막이 깔리면
솔가지 울타리
굴뚝새 나는 마을
사람은 사람대로
등잔불 밝히고
살 비비며 외롭게 사는
아, 밤마다 눈 내리는 산촌

절두산을 지나며

절두산을 지날 때는 언제나
나도 모르게 목덜미에 손이 간다
귀천이 질서인 세상에서
태초에 신분은 없었다
그러므로 서로 사랑하라
떨리는 말씀을 순명으로 받들고
자기 목을 받쳐 들고 이 벼랑에 섰던
거룩한 맹목盲目
불효불충악덕자不孝不忠惡德者
목에 걸린 팻말의 수치를
감히 부끄러워하지 않고
형장을 향해 걸었던
당당한 열심熱心
보이지 않는 것을 위해
지금 눈에 보이는 것들을 버리고
세상에서 가장 보잘것없는 것들이
비록 묘표墓標 사발로 남더라도

가장 질긴 목숨을
내던짐으로써 얻고자 한 숭고崇高
빈부貧富가 새 질서가 된 세상에서
그래도 사람이 가장 소중하다
함께 살자 외치고 싶지만
흔들리는 버스 위에서 할 말을 삼키고
목구멍의 맹목과 안녕을 위해 사는
나는 절두산을 지나며
오늘도 등줄기에 식은땀이 흐른다
나는
오늘 무엇을 위해
목을 내어 놓을 수 있는가

봉
정
암

나무만 숲이 되는 건 아니다
바위도 기운 기둥으로 서서
샘을 내고 숲을 이룬다
숨을 삼켜
바다가 섬을 품듯
바위 숲도 조각구름 받쳐 들고
한 점 섬이 된다
봉정암 가는 길
산을 치는 물 소리는
새벽 미명을 깨우고
앞선 자의 불빛에 기대어
길을 걷는 어지러운 숨결도
아침 햇살이 휘리릭 새를 깨워 날리면
생명 넘실대는 숲이 된다
지혜가 온전한 자만의 것이 아니듯
나의 무명도 누군가의 불빛이 될 수 있나니
아! 산에 드니 문득 바람이 자네

산을 오르며

굳이 여기 벗어나고자 하는 건 아니다
저기 별난 게 있다고 믿어서도 아니다
삶의 무게 오롯이 지고
내 발로 오를 뿐이다
이 고개가 끝인가 보다 하고 올라서면
너머에 험한 봉우리가 더 있고
기쁨에 정점이 없듯 절망은 바닥이 없다
제 이름 하나 가져도 좋을 높이의 산은
알아주는 이 없어도 저 홀로 무심하다
비단 희망을 보고 내려오는 것은 아니다
바라는 건 없다 빌 것은 더욱 없다
산山것들은 순환을 위해 남겨 두고
숨은 자들도 속을 삭이며 오르내린 길
심란心亂은 그대로 길 위에 있다
참나무 이파리에 나리는 가랑비 후드득
산중의 울림은 결코 가볍지 않지만
산 아래서야 한 줌 소리 없는

흔적일 뿐이다

인간사 마음자리 따라 지고 나는 법

다시 시작이다

한 가닥 햇살을 좇아

꼿꼿이 산을 내려오는 이유이다

화엄사, 가을

대웅전 앞마당에
펼쳐진 농익은 농악 가락에
한 줄기 햇살이 떨어지고
시답잖게 찔끔
눈물이 난다
산에 나무도
바람마저도
불타는 단풍잎으로
익힌 것들을 내놓는 시절
너는
얼마나
네 몸을 익혀서
익힌 그 무엇을 내놓았느냐
시답잖은 삶
치사스러울 정도의 눈물
큰 울음도 아니고
환한 미소도 아닌

찔끔 눈물 한 방울

결산의 날 가을

너는 세상에 그 무슨 향기를 보태고

얼마만큼의 지평地平을 열었는가

햇살에 비친 찔끔

눈물

시답잖은 삶

안심사 가는 길

대둔산 마천대 하늘 아래
안심사安心寺 이정표를 따라 걸었습니다
이 길의 끝에 서면
내 안에 안심安心이 조용히 스며들기를
빌고 또 빌었습니다

하루에 몇 명이나 지날까
산죽 숲 터널에 발목이 빠지고
앞서 간 리본이 아니면
난 길도 알 수 없어서
사람이 아니라 산것들이 안심할 길에서
분주해지는 발걸음을 내려다봅니다

마음을 버리고자 하나
공연히 생강꽃은 지고
고개를 숙이고 피는 이 풀꽃은 또 누구지
허리를 굽혀 들여다본다

여기까지 좇아온
상업광고 전파에 심란心亂은 더 하고

이 산중山中에는 나밖에 없어
어린 연두 바다 현란한 꽃 잔치는
다 내 것이다
가쁜 숨 뱉어 내는 순간 안도安堵의 깊이는
스스로 낯 붉히는 미안未安한 수준입니다

북성포구

바다의 소멸을 보려거든
여기 북성 포구로 오라
갯벌을 일구고 좌판을 벌여
배고픈 사람들 먹여 살렸던
빛나는 시절이 있었다
이제는 갯바닥에 누운 몇 척의 배와
고향 황해도 그리워 멀리 떠나지 못하는
늙은 여자들의 술집만 네댓 개 남아
오래된 손님을 기다릴 뿐이다

새우등같이 굽은 여자들이
공장 굴뚝 검은 연기에 몸부림치는
바다를 끌어안고 새우를 말리고
굴껍데기보다 더 깊은 골주름의 여자들
굴막 너머로 저녁노을이 진다
한때 뜨거운 것들의 생생한 사라짐이
여기 다 모여 있으니

세월을 기억하고자 하는 자
북성 포구로 오라

지금도 때때로 물때가 맞으면
햇빛에 반짝이는 물고기
뱃전에서 사고파는
파시波市의 분주한 수다와
늙어가는 것과 사라지는 것들의
명멸明滅하는 쓸쓸한 빛을 보리라
갯골이 묻히면 바다는 죽는 것이니
인천역 근방 북성 포구에 와서 그대여
갯벌에 드러난 십자굴에
다시 물이 차오르는 것을 지켜보시라

3부

히말라야를 꿈꾸며

히말라야를 꿈꾸며

세상의 모든 일을 다 알 수는 없다
눈 덮인 산 넘어 길이 있는지
몇 갈래 길을 이은 마을에
사람들은 어떻게 살고 있는지 몰라
갈급한 것을 모두 채우고 싶다

세상의 모든 길을 다 갈 수는 없다
길은 시작도 끝도 없다
시작과 끝은 발끝에 있고
발끝은 마음에서 비워지는 것이니
구름처럼 또한 갈 수 없는 길은 없다

길 가다 어쩌다 만날 기막힌 풍경 앞에
나를 부리고 싶다
사진으로는 장엄풍경을 다 나타낼 수 없고
영상으로는 적막공허 다 담을 수 없으니
내 옆에 가까이 당신을 세워 두고 싶다

넋 나갈 풍경 앞에
손바닥만 한 햇빛 한 줌 깔고 앉아
저만큼 비켜서서
화엄설산華嚴雪山을 당신과 함께
바라볼 수 있다면
굳이 세상에 등 돌릴 일이 또 무엇이랴

길은 시작도 끝도 없다
턱없는 히말라야
숨은 막히고 눈이 트이는 눈들의 잔칫집
오늘 설설설 바람 부는 고개를 넘는다
다가갈수록
산은 위대하고 한 생은 너무 가볍다

히말라야 1

― 기별

아버지가 돌아가셨어요
친구의 딸에게서
광저우 바이윈 공항에서
부고를 받았다
김포 뉴고려 장례식장 발인 1월 10일
친구는 돌아올 수 없는
아득한 하늘길을 향해
북망산으로 갈 것이고
지상에 남아
높고 먼 설산을 향해 떠나온 나는
언젠가 하늘길을 따라갈 것이다
회귀성 떠돌이 병인가
어딘지도 모르는 남의 땅
여기까지 흘러와
말도 색도 다른 사람들과 섞여
낯선 공항에 우두커니 앉아
갈 수 없는 서울 하늘을 돌아보고

가야 할 히말라야 저 멀리 높은 하늘을
번갈아 바라보는 까닭은 무엇인가
세상을 멀리하고자 함인가
빈 마음을 채우고자 함인가
아니면 부질없는 호기심에 겉도는 것인가
시간은 아무도 되돌아 걸어 나올 수 없는 길
히말라야 가는 카트만두행 비행기를 탔다

히말라야 2

— 포카라행 비행기에서

설산 장엄이 허공에 떠 있다
에베레스트부터 안나푸르나까지
한 줄로 도열한 산맥 병풍
한 점 구름이 떠 있는 하늘이 고요하다
티끌세상은 발밑에 있고
니르바나는 저 은빛 바다 너머에 있는데
손 닿을 수 없는 거리 무정한 세월이다

아름다움을 찾아
여기저기 이 나라 저 나라 다니다 보면
숨 막힐 듯한 풍경에 넋을 잃기도 하지만
설령 눈에 들지 않는다 하여
세상에 위대하지 않은 산천이 어디 있으랴
아무리 황무한 사막이나
높고 추워 가혹한 고산지대일지라도
뭇 생명 새끼를 낳아 키우는 곳이니
생명이 살고 죽는 곳이라면 어디나
위대하지 않은 강산은 없다
맨땅 위 발 벗고 헐벗은 남루라 해도
비록 불편은 있어도
존귀하지 않은 삶이란 없다
거센 비바람 가난한 세파에 맞서
골주름 잔주름 자잘한 얼굴이라도
타오르는 저녁노을 앞에서 무심한 듯
환하게 웃고 있는 노인의 얼굴보다

더 아름다운 것이 또 있으랴
행여 문명에서 멀리 있다고
비교하여 삶의 빛깔을 논하지 말라
아무리 고단한 인생이라도 저마다
반물빛 구성진 가락 하나씩은 있는 법이니
시간과 싸우며 보이는 풍경만을 찾지 말라
굽이치는 삶 깊은 물결
차분하게 들여다볼 일이다

칸데에서 울레리까지 두 시간
해발 이천 미터를 차로 치고 올라왔다
긴장으로 팔다리가 떨리고
점심 때 마신 밀크티가 쏟아질 지경이라
걷지 않았어도 미안할 일은 아니었다
우리나라 비포장 대관령 옛길이나
장수에서 거창 넘는
육십 령 고개가 이랬을까
가파른 길 끝날 지점이면
급히 꺾여 굽은 길 다시 오르며
줄기차게 산마루까지 이어지는 길
가팔라 쫄밋거리는 길 위에서
기사들은 차를 세우고 친구들과
안부를 묻고 인사를 나눈다
말은 알아들을 수 없지만
눈빛은 순한 소를 닮았다
땅을 깎고 높여 돌을 괴여 만든

손바닥만 한 다랑논은 산에 걸려 있고
계곡을 따라 정상까지 이어진 마을은
다랑이 계단 중간중간에 집을 짓고
하늘에 매달려 있다
평평한 채소밭에 피어 있는
키 작은 유채꽃이 마을에서 오직 유별날 뿐
사람들의 삶은 수직 질서 속에 있다
어지러워 까마득해 마을의 고도를 물으면
사람들은 높이가 무슨 말이냐는 듯
구름처럼 무심하다
지나온 길이 사행천처럼 꼬리를 흔들며
길게 흘러가고 있다

산에 든 첫날

참으로 멀리서 왔다

세상이 다 조용하다

새소리 물소리조차 없다

별 하나도 뜨지 않은 오늘 밤

온전한 칠흑 세상 적멸 강산이다

고요함 속에 나도 지워지고 싶었다

히말라야 6
― 깊은 산속에서의 꿈

비행기로 수천 리를 날아왔는데
아득한 길을 지나
수많은 고개를 넘어 걸어왔는데
버릴 것은 버리고
둘 것은 두고 왔다고 생각했는데
꿈에서는 현실이 지척이다
멀리할 거리도 숨길 시간도 없다
어렵게 모셔 온 선생님
힘들게 다리를 끌고 걷는 모습
뒤에서 안타깝게 지켜보다가
화들짝 놀라 꿈에서 깬 밤
밖은 어둡고 새벽은 길고 멀었다

히말라야 7
— 롯지

바람 가릴 지붕 아래
구획된 공간에
몸 누힐 합판 침상 하나
덮을 두꺼운 이불 한 채
씻을 물 가까이 있다면
여우 바람처럼
스며드는 찬바람이나
얇은 널빤지 벽 사이
옆방의 피 끓는 청춘들
뜨거운 사랑의 노래쯤이야
성내지 않고 들어 주겠다
더 바랄 것 없는 가벼운 삶
지고 온 나의 짐이 너무 무겁다

• 산중의 여행객 숙소

히말라야 8
— 고레파니‥기다림

반탄티에서 오르는 길은 계속 우림이었다
설산을 보고 걷는데 가는 길은 아열대였다
숭고한 일출을 위해 푼힐로 가는 길목이다
누구에게는 내려가는 길이고
누구에게는 더 올라가야 할 길이겠지만
여기 있는 누구나 오늘 밤은 기다려야 한다
기다림은
시간의 사립문 앞에 몸을 세우는 일
내일 새벽 저 고개를 오를 수 있기를
내일 날씨가 좋아 일출을 볼 수 있기를
떠오르는 태양을 향해
가슴에 품었던 것을 꺼내어 빌 수 있기를
간절한 마음으로 기다려야 한다
매일 뜨는 해지만
어디서나 볼 수 있는 해지만
위대한 산정에 뜨는
특별한 내일의 해를 위해서

오늘은 이 마을에서 조용히 기다려야 한다
바란다고 모두가 이루겠느냐만
지난봄 랄리구라스 만발한 고레파니에서
춥고 긴 겨울밤 참고 기다려야 한다
기다림은 적당한 때에
욕망을 멈춰 세우는 것이다

푼힐 계곡에 새벽닭이 크게 울었다
일출을 맞기 위해 이마에 불을 밝히고
세계 도처에서 온 사람들이 산을 오른다
저들은 일출을 보며 무슨 생각을 할까
우리처럼 해를 보며 무엇인가 빌고 또 빌까

정동진이나 땅끝마을에 가서 빌었다
여수 향일암 천수천안관세음보살께
시답잖은 목숨을 이제 거둬 주기를 빌었다
백두산 태백산 단군 성지에 올라서는
나라의 우순풍조와 시화연풍을 빌었다
기도는 항상 이루어지지 않았지만
그렇다고 특별한 문제가 생기지도 않았다

먼동이 튼다
붉은 구름바다가 머리띠를 매었다
해가 올라온다 바알간 구름이 산을 두른다

다울라기리 산 무리와 안나푸르나 사우스
마차푸차레가
병풍처럼 둘러서서 뜨는 해를 맞는다
산의 정수리마다 충만한 기운으로 빛난다
남의 빛을 받아 세상을 비추는
인드라망의 세계다

푼힐 정상의 언덕에서
사람들이 인사를 한다 나마스떼
나의 신이 당신의 신께 인사를 드립니다
탄성을 지르며 서로 안고
인사를 한다 나마스떼

나의 신이 당신의 신께 인사를 드리다니
아직도 세상에 신들의 전쟁이 무수한데
나의 신은 당신의 신께 인사를 드릴까
당신의 신은 나의 신의 말을 알아들을까

의심과 도발적인 생각이 꼬리를 무는데
그럼에도 새벽닭이 홰치는 푼힐에서
나도 경건하게 나마스떼
오늘의 세계와 평화와 사랑을 간구하였다

자기 백은 목 앞에 걸고
내 짐을 등에 메고 걷는다
만만치 않은 짐을 메고
평지도 아니고 높은 산을 오르는
그와 함께 걷는 길 마냥 편치는 않다
우리나라에도 과거에 포터가 있었다
서울역이나 고속버스터미널 앞에서
손님의 짐을 먼저 들기 위하여
달음박질하던 지게꾼이 있었다
사실 농부였던 우리 아버지들이 모두
평생 무거운 짐을 지던 지게꾼이었다
지게 짐 덕분에 먹고 배운 자식들이
한강의 기적을 이루었다
이 나라의 노동량이나 수익으로 볼 때
고용해 주는 것이 도와주는 것이니
너무 미안한 일은 아니라고 하지만
등짐의 무게는 너무 버겁고

노동의 대가는 너무 가벼워
함께 걷는 일이 종일 불편하다
내가 주는 돈이 비록 적으나
가족의 따뜻한 밥 한 끼 옷 한 벌이 된다면
더 미안해하지 않기로 했다
시간을 내어 찌아 한 잔 사거나
장조림 하나에 소주 한 잔
소박한 저녁 술자리를 하면서
드디어 나는 마음의 빚을 덜기로 했다

히말라야 11
─ 휴가

이제 사람들을 떠나 좀 쉬고 싶었다

햇볕을 쬐며 혼자서 커피를 마시거나

수다를 떨어도 흉보지 않을 친구들과

수삼 일 함께 놀아도 좋겠다

종일 혼자 시내를 쏘다니거나

강이나 바다에서 밤새도록

낚시를 해도 좋다

충분히 일했다 이제 쉬어도 좋겠다

자연 속에서 자연을 즐기는 것은

크게 욕심을 내도 죄가 되지 않는다 했다

구름을 따라다니기로 했다

구름을 따라 이 산 저 모퉁이를 돌아

숨어 있는 마을마다 다니기로 했다

사람이 닿지 않는 마을은

어떻게 살고 있는지

별들은 밤마다 어떻게 사람 사는 마을을

비추고 있는지 보기로 했다

높은 산 이 봉우리 저 봉우리 걷기로 했다
설산 암봉을 오르내리며
걸어 보면 보이는 것보다 항상 먼 길은
어디에서 어디로 흘러가는지
길 위를 떠도는 것은 무엇인지
물은 어디를 어떻게 흘러가는지
보기로 했다
길 따라 물 따라 함께 흘러가 보기로 했다
산에 사는 마을 사람들은
통나무같이 순박하였고
오고 가며 산에서 만나는 사람들의
눈빛은 맑았다
별은 배추에 뿌려진 소금처럼 무수히 떠서
밤마다 마을을 지키고 있었다
길은 어디서나 열려 있고
물은 막힘이 없었다
시간의 문밖으로 걸어 나와 안나푸르나의

자유를 걸었다

자유는 맑은 술만큼 청량하고

약간은 위태로웠다

신은 모두 몇이오, 라고 묻자

삼백셋이오 그리고 삼천셋이오, 라고 했다

신들의 산에 들어와 신을 묻는다

헐벗은 사람들에게 신이란 누구인가

무겁고 기쁘고 슬프고 갈급한 욕망 속에

살아 숨 쉬는 신들에게

사람의 길은 무엇인가

야훼는 사랑하는 민족을 위해 칼을 들었고

후계들은 민족을 넘어

평화의 깃발을 바꿔 걸었으나

믿는 이들은 아직 서로 총을 버리지 않았다

금욕을 버리고 중도의 길을 간 싯다르타는

따르는 자들에 의해 신이 되었으나

연꽃을 들자 미소로 답한

제자는 거의 없었다

미워하는 자들에게 칼을 든 신과

평화의 깃발 아래 아직 전쟁 중인 신들과

중생을 위해 무릎을 내준 신과는 달리
히말라야의 신들의 집에는 경계가 없다
한 신전에 여러 신이 우애 있게 동거하며
믿는 신이 달라도
거룩한 산과 호수에서는 분쟁이 없다
신들이 창조한 사람들과
사람들이 지어낸 신들이
나뭇잎 접시에 꽃을 받으며
나마스떼 서로 인사를 나누는
신들의 나라에서 다시 신들에게 묻는다
무거운 짐 진 자들에게
해탈의 길은 정녕 무엇인가

• 『브리하다라냐카 우파니샤드』(여래) 인용

내가 산에서 하루에 떨어뜨리는
돈 몇만 원이 이 나라 경제에
어떻게 도움이 되는지는 잘 모르겠다
내가 지불하는 적은 돈이
만만찮은 짐을 진 포터들의 노동에 대하여
정당한 대가인지도 잘 모르겠다
우리나라보다 턱없이 적은
노동의 대가를 계산하는 방식이
어디에서 오는지
소득수준 차이나 화폐가치 차이 때문인지
짧은 경제학 지식으로는
다 설명할 수 없으나
그래도 이 적은 것들이 이들의 밥이 되고
아이들의 교육비가 된다니 좋다
모든 것이 교환가치로 계산되는
우리와 달리
사용가치로만 활용되는 것이

가능한지는 모르겠으나
중간의 매개자본을 거치지 않고
내 돈이 이들에게 직접 지불될 수 있다면
저들의 삶이 좀 더 나아지지 않을까
공정경제에 대하여 소박하게 생각해 본다
미안하고 고마운 나의 마음은
경제학적으로 어떻게 설명할 수 있을까

푼힐에서 타발라힐까지는 평탄한 길이었다
육덕 있는 지리산 어디쯤 걷는 것 같았다
날마다 내 최고 고도 백두산을
경신하고 있지만
반탄티에서 차 한 잔 할 때까지는 좋았다
햇볕도 따뜻했다
바람도 부드러웠다
차 내주는 처자도 편안했다
앞길이 주욱 그럴 줄 알았다
앞날처럼 산길은 항상 알 수 없는 법
꼬불꼬불 몇백 미터 육십 고개
넘고 오르고 급강하 급상승이다
산은 항상 내려간 만큼 올라가야 한다
힘들다 턱까지 숨이 차오른다
바위에 앉아 히피 청년이 피리를 분다
물은 보이지 않는데 물소리가 굵다
백색 머리 중년 부부가 앉아 피리를 듣는다

지친 표정이다 피리가 위안을 줄 것이다
같이 가자 하니 먼저 가라 한다
힘들게 올라가니
다 왔다는 우리말이 들린다
알아들을 수 있는 말이 반갑다
산에서 다 왔다는 것은 거짓말이지만
위안이 되니 거짓말이라도 좋은 말이다
색도 말도 생각도 이유도 다 다른 사람들
산에 오는 사람들 눈빛이 모두 선하다
오늘은 타다파니까지다
끝없는 고갯길
가자 힘이 없지 뜻이야 없겠는가

눈을 뜨니 마차푸자레가 코앞이다
안나푸르나 사우스는 이미 기상했고
임출리와 마차푸차레는 일어나기 싫다는 듯
긴 구름 띠로 얼굴을 가렸다
먼동이 튼다 붉은 구름바다다
마차푸차레가 생선 꼬리 같은 두건을
구름 위로 살짝 들어 보인다
산 위로 볼그레 구름 띠가 다시 둘리고
마침내 산들이 빛을 쏘기 시작한다
진정 상서로움이란 이런 것이었구나
고개를 들고 머리를 숙이고
허리를 굽혀 합장을 한다 나마스떼
아침마다 정화수 떠 놓고 빌던 할머니처럼
산에 와서 나는 물활론자가 되었다

히말라야 16

핫팩 하나로 침낭 안이 뜻밖에 따뜻하다

아, 한 주먹 열熱주머니가 주는

사소한 행복이라니

행복이란 풍요가 아니라

간절함을 채워 주는 것

힘들 때 함께 앉아 등 기대는 것

작은 불씨로 함께 외로움을 녹이는 것

핫팩 하나로 히말라야 추운 밤이 행복하다

148

ABC로 가기 위해서는

수천 개의 계단으로 올라와

또 수천 개의 계단을 내려서야 하는

촘롱을 통과해야 한다

ABC의 길목 촘롱이

이 길 저 길에서 올라온 한국인으로 붐빈다

북한산 사모바위 광장에 앉아 있는 것 같다

김치찌개 소주잔으로 롯지가 시끄럽다

한국 어디서나 벌이는 소란한 뒤풀이다

'히말라야 12월 13일에' 천정에 한글이

보이고

'새마을금고산악회' 표지기가 바람에

날린다

고봉을 밟고 내려오는 사람들의 열기와

오르는 사람들의 불안과 기대가 섞여 있다

조금 물러나 앉아 있기로 했다

같은 길을 걷지만

어떤 사람들은 고산을 밟은 희열에
들뜰 것이고
어떤 이들은 고산준령을 오르고 내리며
살아온 자기의 길을 조용히 돌아볼 것이다
현지인이나 여행자는 모두
등짐을 메고 가는 순례자들일 뿐
구름처럼 흘러가는 나그넷길이다

누워서도 베갯머리까지 물소리가 사납다
잠이 들자 물소리가 꿈이 되었다
이 물 저 물 다 모아 큰 강이 되리라
비탈 강 물길을 몰아 세상에 나가리라
힌두의 대지를 적시는 어미 강이 되리라
흐르고 흘러 신성한 갠지스와 만나
죄 많은 영혼을 위한 정화수가 되리라
불에 타 찢어진 피곤한 육신을 안고
바다로 바다로 달려가리라
마침내 큰 바다 인도양에 닿아
윤회의 틀 벗고 홀로 가벼운 정신이 되리라
말을 마친 물소리가 흔들어 잠을 깨운다
흐르는 물은
앞을 다투지 않는다고 하지 않던가
나도 오늘 저 산을 오르며
눈물과 수고의 땀방울
그대에게 보탤 것이니

성내지 말고 잘 가시게

천천히 가면서 해탈하시게 모디콜라*

여기가 오늘 내 길의 끝이다
울레리에서 푼힐을 거쳐 안나푸르나
베이스캠프까지
무거운 몸과 마음을 끌고
수천 계단을 오르고 내리며 여기까지 왔다
더러는 빛나는 아침 히말라야를
가슴에 품고
아랫마을에서 생활 속으로 돌아갔고
더러는 더 오르고자 하였으나
산이 허락지 않아 아쉬움으로 내려갔으며
또 누군가는 이제부터 여기를 시점으로
저 높은 산을 더 높이 오를 것이다
더 올라 여기서는 볼 수 없는
안나푸르나 진경을 보거나 실패할 것이며
불가능에 도전하여 누군가는
자신의 진면목을 깨닫거나
또는 죽을 것이다

산 아래나 산 위에서도

누구에게나 동일한 목표나 만족은 없다

뜻한 길 마치지 못했다 하여

허송한 것도 아니다

누구는 여기까지 또 누구는 저기까지

주어진 대로 소명을 충실히 살아 내야 한다

미답未踏을 밟는 순간순간

그저 감사할 뿐이다

히말라야 20
- 다시 뱀부

내려오는 길이긴 하지만
ABC에서 시누와까지는 좀 멀다 싶어서
오늘 밤은 뱀부에서 묵어가기로 했다
대나무가 많은 동네라 이름이 뱀부
전파가 터지지 않을 만큼
낮고 깊은 골짜기다
계곡 물소리와 합창하는 듯
밤새 대숲의 댓잎 서걱대는
소리가 제법 크다
남의 나라 남의 동네에서
사가르마타라는 엄연한 이름이 있는데도
굳이 에베레스트라고 고쳐 부르고
원래 마을 이름이 있음에도
굳이 대나무가 많다 하여 뱀부라고
영어 이름을 지은 사람들은
도대체 누구인가
잠 못 자고 분개하는 나는

지극히 작은 자요
이름이야 이러면 어떻고 저러면 어떠리
그런 것쯤 허허하고 웃어넘기는
힌두의 세계는 히말라야처럼 관대하다
손님이 오거나 가거나
구름이 흐르거나 말거나
무심하다 뱀부 골짜기 민박집 사람들
대숲 아래 양지에
어린 꽃 몇 송이 피어 있다

설산은 경건하고 계곡은 유장하다

당찬 물소리 옆 굽이치는 길가에

작은 꽃들이 무더기로 피고 있다

밟히는 자갈들 사이를 뚫고

연두색 다랑이 논둑에 또 집 앞뜰에

노랑 빨강 분홍 자주 어린 꽃들이

살며시 고개를 내밀고 있다

이름은 알 수 없지만

패랭이꽃이나 애기똥풀 자주달개비

우리나라 꽃들과 얼굴이 닮았다

꽃이 스스로 이름을 짓는 것은 아니므로

내가 누구라고 말하지 않지만

이곳저곳에 이 꽃 저 꽃 피어

눈의 나라에 새 세상이 오는가

꽃들이야 다 제 이유가 있지

사람 보라고 피는 것이랴마는

이 나라 저 나라 여기저기에 피어

우리도 낳고 죽고 까부르고
한 세상 살다 가노라 외치고 있다
사시사철 만년설 이고 있는 안나푸르나
무거운 짐 진 사람 사는 아랫마을에
꽃들이 따로 또 함께 제 색깔대로 피고 있다

히말라야 22
― 안경

히말라야 호텔에서 메시지를 보려는데
현기증인가 순간 아찔하다
아니 내려오는 길에 고산증이라니
눈이 흐릿해 보니 안경알이 하나 빠져 있다
ABC에서 서둘러 짐을 싸서 내려올 때
안경을 제대로 확인하지 못했구나
참으로 사소한 것들의 심각한 낭패다
한 눈을 감고 오른쪽 눈으로 본다
가까스로 읽고 쓰기가 가능하다
눈먼 안경을 버리고 멀리 본다
웅장한 설산이 눈앞에 그대로 있다
설산을 감추려는 구름이
바삐 움직이고 있다
구름 아래 매 한 마리 유유히
하늘을 날고 있다
멀리 있는 것들은 그대로이되
가까이 있는 것들만 보이지 않는다

글자들만 보이지 않는다

글자가 구축한 세계만 보이지 않는다

분명 깨달음의 섭리가 있을진저

화엄 세상에 와서

고작 글자의 세계에 잡혀 있으랴

불립문자교외별전직지인심견성성불不立文字

教外別傳直指人心見性成佛

히말라야 23
—지누단다

삼천 계단이니
육천 계단이라는 것들이 있다
누가 그 수를 정확히 헤아려 지었을까마는
산으로 가는 길은
수 없는 고개와 계단의 연속이다
안나푸르나의 들머리나 날머리로 잡는
지누에서 시누와까지는 육천 계단이다
계단을 오르고 내려서고 다시 올라서야
신들의 산의 초입이다
하늘을 닮은 듯 길은 구름처럼 끝없고
멀리서 보면 구름에 달 가듯이 가는 나그네
현실은 천형을 지고 천 리 구름 길을
걷는 생활인이다
작은 배낭 메고 몸을 끌기도 어지러운데
도꾸*에 무거운 짐을 지고
산을 오르는 사람들
롯지에 새 정문을 달을 참인지

거대한 쇠 대문을 지고 가는 사람들
순례자들을 위해 그들의 일용할 양식을
산 위로 메고 나르는 사람들과 노새들로
산길이 비좁다
히말라야의 시시포스인가
저들의 낡은 신발과 맨발이 시리다
마당에 쭈그리고 앉아 경전을 읽는 늙은이
윤회의 틀을 벗고자 하는 염원이 눈물겹다

• 대나무로 만든 삼태기 모양의 등에 지는 운반 수단

히
말
라
야
24
ㅡ
포
카
라
에
서

포카라까지 갔다가
깊은 산에 들지 못하고 돌아온 뒤로
늘 히말라야에 다시 한번 와 보고 싶었다
설암에 올라 그저 앉아 있고 싶었다
신선까지는 아니더라도 현자처럼 앉아서
하릴없이 마냥 하늘을 올려다보고 싶었다
십 년이 지나고 근 이십 년 만에
설산에 다시 들고 보니
굳이 현자가 아니어도 좋았다
돌계단을 오르는 거친 숨소리가 되거나
그냥 스쳐 지나가는 바람이 되거나
흔적을 남기지 않는
구름으로 남아도 좋았다
페와 호수에서 올려 보는 설산이 좋았다
협곡 사이를 빠르게 흐르는 굽은 길에서
계곡의 굵은 물소리를 듣는 것도 좋았다
호수 앞 카페에 앉아

처음 만난 순례자들과 어우러져
차 한잔하는 여유는 더 좋았다
다시 깊은 산에 드니
페와 호수에서 올려 보는 설산들과
호수에 비치는 그림자 안나푸르나
턱을 들고 먼 산 바라보는 등 굽은 나까지
모두 한 덩어리로 히말라야임을 알겠다
스무 해 걸려
다시 히말라야에 와 이제야 알았다

히말라야 25

― 페와 호숫가 해방구 윈드폴

산에서 내려오고 올라갈 사람들
뿌듯함과 설렘 두려움이 섞인다
초면이어도 만나는 사람들이 반갑다
사소한 인연에 서로 얽매이지 않는
포카라 페와 호숫가 게스트하우스 윈드폴

로비에 앉아 혼자 차를 마시거나
종일 넋 놓고 있어도 좋다
까치머리나 민낯이어도 괜찮다
누구를 만나든 꾸미지 않아도 좋다
보이는 대로 마음 가는 대로 하면 된다

호숫길 따라 끝까지 가 보기로 한다
무엇을 찾아가는 길은 아니다
호숫가에 주저앉아 해바라기를 하거나
물가 돌아 도는 산모롱이를
스케치해도 좋다

165

호수 안 작은 섬 바라히 사원까지
배를 저어 가도 좋다

이제 우리에서 벗어나야 한다
틀 밖에서 홀로 쉬는 법을 배우기 위해
제 나라와 일과 인연을 떠나
히말라야와 페와 호숫가를 맴도는
남녀장청 자유로운 개인들의 해방구 윈드폴

히말라야 26
― 바라히 사원

호수 한가운데 사원이 떠 있다
신을 만나기 위해서는 배를 저어 가야 한다
길게 줄을 서서 기다려야 한다
향초와 촛불이 제단에 끝없이 타오르고
바구니에 넣어 꽃과 과일을 바친다
탑 주위에 매달린 종을 하나하나 치면서
길고 슬픈 만트라*를 외우고 지나야 한다
머리 위에 빨간 꽃잎을
한 장 한 장 떨어뜨리며
정성을 다해 소원과 축복을 빌어야 한다
사람들의 한숨과 기도가 깊고 짙어 갈 때
안나푸르나가 물속으로 흰머리를 내밀어
기도하는 사람들에게 귀를 기울이고 있다

* 힌두 진언眞言

내리려고 하는데 차가 갑자기 출발하면서
힌두 사원 가는 길에서 졸지에 엎어졌다
손과 발을 움직여 보니 뼈는 문제가 없다
무릎과 주먹이 까졌다 얼굴이 쓰라리다
거울을 보니 인중과 턱 부분이 쓸렸다
네팔리들이 주변을 둘러싸고
걱정을 해 준다
남 일 몰라라 하지 않는 게 아직 순박하다
생사 공존의 파슈파티나트 사원 앞에서
생사를 가르는 순간의 사고를 당하다니!
시바의 황금 신전에서 경배자들이 춤을 춘다
음악 소리 또한 크다 모두가 신발을 벗었다
힌두에게만 출입이 허락된 땅이다
광장에서는 가족끼리 모여 불을 피우고
티카*를 하고 꽃을 바쳐 푸자**를 하고
경전을 읽고 함께 주문을 암송한다
저자인지 신전인지 알 수 없다

신전의 뒤쪽 강가에서는 죽음을 태운다
죽은 이들이 계속 실려 오고
단 위에 장작을 차리고
말라*와 황금색 천으로 몸을 감아 눕힌다
이 땅에서의 마지막 사치요, 안식이다
죽은 이는 누워 말이 없으나
남은 자들의 헌화와 눈물과 울음소리와
죽음을 태우는 연기와 향내로 눈이 맵다
산 자들의 춤과 노래와 죽은 이의 소신燒身
이로 인한 먼지와 연기와 매캐한 냄새라니
생사가 한순간이고 한 공간에 있다
순간을 경영할진저 시바여
순간을 즐겨라 충실하라
생사를 가르는 순간 우리 알 수 없으니
매일 순간순간마다 삶을 다하라
시바의 노래가 쏟아진다
파슈파티나트 사원

---

* 힌두인의 볼에 바르는 붉은 점
** 신에게 꽃을 바치는 제사 의식
*** 꽃을 묶어 길게 만든 목걸이

가장 정淨하고 길吉한 자리를 골라

티베트 고원의 서기瑞氣와 비원悲願을 모아

이 땅에 깨달음의 사원을 세웠노라

땅과 물과 하늘과 바람 우주의 요소를 따라

네 층 단 위에 풍만한 몸을 앉히고

이마 위에 열세 계단 첨탑을 올려 세우니

옴마니밧메훔 우주의 지혜와 자비가

땅의 모든 존재에 실현될지어다

제삼의 눈이 사방을 내다보고 있다

입꼬리도 없는 얼굴 부처님 신비한 웃음이

시방세계의 내면을 깊이 들여다보고 있다

룽타가 길게 늘어져 있다

말씀은 바람을 타고 날아가

오체투지 하는 망명 티베트인들의

눈물 속에

마니차를 굴리며 끝없이 코라를 도는

길 찾는 중생의 마음에 깊이 스며들 것이다

오른쪽으로 코라를 도는 어깨 위로

옴마니밧메훔

진언송이 햇살처럼 쏟아지고 있다

산 아래 네팔을 알기 위해서는
여기에 와 봐야 한다
포장이 완성되기 전
이 길을 운전해 보아야 한다
카트만두에서 포카라까지 이백 킬로미터
왕복 이 차선 편도
여덟 시간 비포장 고속도로다
강가 낭떠러지 위로 아찔하게 길이 지나고
신들의 산이어서 터널 한 곳 내지 않아
악마의 커브 길을
돌고 돌아 오르내려야 한다
방문객은 이해할 수 없는 시간이지만
주민에게는 엄청나게 개선된 속도이다
시간을 더 단축하기 위해 양방향 차들은
곡예를 하듯 서로 중앙선을 넘나들고
여행자들은 쓸어내릴 가슴을
준비해야 한다

길 위의 모험적인 속도 경쟁과는 달리
길가 마을의 지체된 시간은
너무도 태평하다
남자들은 자욱한 먼지 연기 속에서
찌아를 마시고
여자들은 길가에서 앉아 태연히
빨래를 한다
원색의 빨래가 타르초˙처럼
줄 위에서 펄럭이고 있다
학교 가는 길에
히말라야는 환상처럼 떠 있고
마나카마나 사원 앞길에는 신을 위해
사람들이 줄지어
닭과 염소를 끌고 가고 있다
여행자의 시간과 주민의 시간은 다른
세계에 있고
시간이 멈춘 듯

조용히 흐르는 마을과 고속도로가
함께 있는 공간은 착란인 듯 꿈결 같다
여행자여,
속도에서 벗어나기 위해 집을 나선 것이니
굳이 가는 길을 재촉하지 말라
속도가 빠르면 시야가 좁아지는 법
시계를 느리게 구름에 맞추고
속도의 공존을 길의 지팡이로 삼아
평안히 가라

· 불교 경전을 적은 오색 깃발

히
말
라
야
30
ㅣ
너
머

행복하게 살기 위해서는
지금 여기에서 충실해야 한다
세상은 가르치는데
마음은 항상 저 구름 너머 떠돌고 있다

이파리 하나 달리지 않은 겨울 숲에서
화사한 벚나무 꽃 대궐을 그리고
제멋대로 불량한 아이들 어깨 너머로
성숙하고 어엿한 어른의 모습을 상상한다

무 한 포기 심기 어려운 척박한 땅
히말라야 절벽 혈거穴居에서
내려갈 사다리를 끊고
이 세상 너머 구원의 길 찾아
용맹정진勇猛精進 참구했던 구도자를 따라

길은 좁고 절벽은 높아 아득한 하늘 너머

삭막한 마을 뒤에 순백 설산의 어둠 너머
쏟아지는 별 밭에서 나의 별을 찾아
신발 끈을 다시 매고 길을 나선다

히
말
라
야 31
— 산이 사는 이유

우리나라에서 태어났다면

국보급 명산으로

좋이 대접 받을 만한 산들이

변변한 이름 하나 없이

줄지어 서서 묵언수행을 하고 있다

높이가 삼천은 넘어야 힐hill이라 하고

오륙천 정도는 되어야

피크peak니 라la라고 하여

무슨 봉우리며 고개라는 이름을 얻는다

산도 사람의 일과 같아서

사는 곳에 따라 받는 대접이 다르다만

그러나 이름 따위가 무슨 대수랴

나무야 살기 위해

저희끼리 수고樹高 경쟁을 한다지만

산이 더불어 산과 경쟁할 일이 무엇이며

인간이 부르는 이름이

무슨 가치가 있겠는가

하늘을 이고 이렇게 묵묵히 서서
바람을 막아 주는 마을의 병풍이 되고
산꼭대기 빙하의 물을 거르고
사람 사는 벌판으로 물줄기를 돌려
식물을 키우고 짐승의 목을 축이며
산중의 생명을 보듬어 주면 그만인 것을
사람들만이 제 버릇 버리지 못하고
여기까지 와서
높이 경쟁과 부질없는 이름 싸움을
하고 있다

천상천하유아독존 天上天下唯我獨尊

하늘 위와 아래에서 인간이 가장 중요하다

멀리 약 삼천 년 전 이 땅에서

고타마 싯다르타의 인간 선언이 있었다

천상과 천하의 깊은 뜻까지야

인간과 개인의 차이까지야

잘 알 수는 없지만

산상 산하의 세계는 놀라운 것이었다

산 위의 하늘은 여여 如如하였고

산 위에서 부는 바람은 신령스러웠으며

구름 위에 떠 있는 설산설봉은

신화적이었고

세계는 인드라망 안에서

서로 빛나고 있었다

산 아래의 인민은 작고 순박하였다

기대어 사는 땅은 몹시 좁고 척박하였고

부지런히 산을 깎아 다랑이 논밭을 만들어

먹을 것을 조달하였으나
늘 채워지지 않았다
민초의 삶은 항상 고단하였으나
그렇다고 누구를 원망하지도 않았다
태어날 때부터 자연과 운명에 순응하였고
어른이 되어서도
전통이 부여한 질서에 토 달지 않았다
집과 산과 그리고 여기저기에
신들을 모시고
간절한 이들은 죽어
다만 바그마티 강으로 흘러가
윤회의 틀에서 벗어나기를 빌고 또 빌었다
천상천하유아독존
신이 된 인간의 대 선언이
이 땅 위에
햇빛처럼 쏟아지기를 빌고 있었다